CATALOGUE

DES

GRAVURES, DESSINS

ET PLANS

RELATIFS A LA NORMANDIE

ET D'UNE COLLECTION

DE

Cuivres et Dessins de E.-H. LANGLOIS

PROVENANT DU CABINET DE

FEU M. EDOUARD FRÈRE

Conservateur de la Bibliothèque publique de Rouen,
Membre de la Société des Antiquaires de Londres, de l'Académie des Sciences,
Belles-Lettres et Arts de Rouen, et de plusieurs autres Sociétés Savantes.

LA VENTE AURA LIEU

Le Lundi 16 Novembre 1874, et les 2 Jours suivants

A SEPT HEURES PRÉCISES DU SOIR

Hôtel des Ventes, rue des Carmes, 85, à Rouen

Par ministère de Commissaire-Priseur

ROUEN

BILLIARD, Marchand de Curiosités | **CH. MÉTÉRIE**, Libraire
26, RUE GANTERIE, 26. | 11, RUE JEANNE-DARC, 11

1874

ORDRE DES VACATIONS.

CONDITIONS DE LA VENTE.

Il y aura, chaque jour de vente, *de une heure à quatre heures, exposition* des Gravures et Dessins composant la Vacation du soir.

Les Acquéreurs paieront, en sus du prix d'adjudication, dix centimes par franc applicables aux frais.

Il sera vendu, au commencement de chaque vacation, quelques lots non catalogués.

M. BILLIARD, chargé de la vente, recevra les commissions des personnes qui ne pourraient y assister.

CATALOGUE

DES

GRAVURES ET DESSINS

PROVENANT DU

Cabinet de M. Edouard FRÈRE.

—— →>>✕<<← ——

PREMIÈRE VACATION.

Gravures diverses anciennes et modernes.

1. Châteaux pittoresques de la France, — 9 vues sur 5 feuilles et texte.
2. Un lot de gravures, petites pièces extraites de publications diverses.
3. Un lot de gravures illustrations d'ouvrages divers.
4. Deux cahiers études de dessin, — 26 feuilles lithographiées.
5. Un lot vues et monuments antiques et modernes.
6. Un lot de 10 lithographies, sujets de genre et vues.
7. Atlas historique et politique de la France, — 5 tableaux chronologiques in-fol.
8. Parties détachées des tableaux de la Révolution française, — 4 gravures et texte.
9. Onze gravures tirées du La Fontaine et du Rabelais, de G. Doré, de l'art chrétien, de la Bible, etc.
10. Prospectus et 4 livraisons de la vie des peintres, par Charles Blanc, Poussin, Jouvenet, Géricault.
11. Vues détachées de l'ancien Bourbonnais, par Achille Allier, — 5 lithographies et texte.
12. Seize études lithographiées d'après l'Ossian de Girodet, par Aubry-Lecomte.

13. Un cahier de 12 gravures anglaises ayant pour titre : Engraved illustrations of Oxford by J Skelton.

14. Quarante-huit heures de garde au château des Tuileries pendant les journées des 19 et 20 mars 1815, — 2 gravures et texte.

15. Les fouilles de l'église de Saint-Landry, à Paris, — 10 planches lithographiées et texte.

16. Saint-Pierre de Rome, 10 planches gravées et texte. — Cathédrale de Milan, 11 planches gravées et texte, 2 livraisons gr. in-fol.

17. Atlas des monuments des arts libéraux mécaniques et industriels, depuis les Gaulois jusqu'à nos jours, par A. Lenoir, — 36 planches gr. in-fol.

18. Collection de costumes gravés par Dubucourt, d'après Carle Vernet, pendant les années 1814 et 1815, livraisons 1, 2, 3, — 18 planches in-fol.

18 *bis*. Les livraisons 1 et 2 du même ouvrage, — 12 planches.

19. Trois grandes gravures sujets de l'histoire sainte, d'après Jouvenet, par Gaspard Duchange et J. Audran.

20. Sept gravures d'après les tableaux de Raphaël à Hampton Court, par N. Dorigny.

21. Quatre gravures de la Société des Amis des arts de Rouen : les Deux Amis, le Phare de Naples, le Réfractaire et une Famille de Pêcheurs.

22. Grande gravure en deux feuilles, allégorie du règne de Louis XIV, par E. Edelinck, d'après Le Brun.

23. La Chute des Anges, grande gravure par Snyderhoef, d'après Rubens, et la Femme du Lévite d'Éphraïm, d'après Couder, par Toussaint.
   Très-belle épreuve avant la lettre.

24. Le Combat des Amazones, d'après Rubens, grande gravure sur 4 feuilles.

25. Plan de Paris en 1738, — 1 feuille.

26. Plan de Paris en 1748, par J.-D. Janvier, avec un encadrement composé de vues des principaux monuments.

27. Deux gravures en feuilles. — Marines.

28. Quatre gravures anglaises.

29. Quatre gravures anciennes par divers.

30. La France consolée et autres gravures sur la famille royale.

31. Six gravures, par B. Audran et Tardieu.

32. Neuf feuilles motifs d'ornement, par Sébastien Leclerc et Clerget.

33. Dix planches petites batailles de Louis XIV, par Sébastien Leclerc.

34. Quatre paysages, par Perelle et Vermeulen.

35. Quatre autres pièces par Perelle.

36. Histoire de l'Enfant prodigue, en douze sujets tirés du Nouveau-Testament, composés à l'imitation de J. Callot, par Duplessis-Bertaux.

37. La Passion de N.-S. J.-C., douze pièces petits médaillons, par Herman Weyen.

38. Le Nouveau-Testament, dix pièces et le titre, par J. Callot, qui n'a sceu finir le reste, prévenu par la mort, 1635; 3 autres pièces du même auteur.

39. Cinq pièces par Callot, Israel Sylvestre et Marc de Bye.

40. Cinq petites planches, paysages, par Weirotter.

41. Quatre pièces, par et d'après Rembrandt.

42. Deux gravures de Rembrandt et une de Chesneau, encadrées.

43. Quatre planches, par Albert Durer et Lucas Cranaglio.

44. Cinq pièces, par Albert Durer et Wierix.

45. Le Jugement dernier, d'après Michel-Ange, par Léonard Gaultier, encadré.

46. Petite gravure du XVIe siècle, par Georges Penez, représentant un supplice par la guillotine, encadrée.

Portraits divers.

47. Un lot de 12 portraits par divers.

48. Onze autres portraits.

49. Châteaubriand, Napoléon, M. Guizot, etc., — cinq portraits.

50. Six portraits lithographiés.

51. Galerie universelle et iconographique, — 60 portraits et texte.

52. Iconographie et biographie, — 36 portraits.

53. Soixante-trois portraits médaillons, d'après l'antique, pour l'illustration d'une édition de Plutarque.

54. Seize portraits divers, gravures et lithographies.

55. Treize autres portraits, gravures, par divers.

56. Douze portraits de députés à la Convention nationale, par Fiésinger.

57. Douze portraits hommes célèbres, gravures en couleur, par Alix.

58. Douze portraits princes et personnages célèbres français.

59. Sept portraits en pied de généraux vendéens, lithographiées d'après Girodet, Guérin et autres.

60. Deux grands portraits en pied de Lafayette et de Washington.

61. Dix petits portraits gravés, poètes et écrivains, par divers.

62. Seize portraits divers, par Saint-Aubin, Lapi et autres.

63. Portraits de Lekain, Haydn et Guillaume Kent, par divers.

64. Mairet, Halley et Pompone de Bellièvre, — 3 portraits encadrés.

65. Greuze Watteau, Hubert-Robert, Navelet et Simonneau, — 5 portraits gravés.

66. Cochin, Girodet, Simon-Vouet, Simonneau, G. Edelinck, H. Fragonard et Duchange, — 7 portraits, gravures et lithographies.

67. Aldegrave, Van Kessel, J. Breuck, Léonard de Vinci, C. Cignani, B. Breemberg, Rembrandt, N. de Hoog, — 8 portraits gravés.

68. Sept portraits, personnages étrangers, par Nanteuil, Masson, Faithorns, etc.

69. Quatre pièces, portraits, scène et relation, relatives à l'histoire de Charles Ier.

70. Claude de St-Martin (Edelinck), Mme de Grafigny (Cathelin) et un portrait italien, — 3 pièces.

71. Le chevalier L. Bernier, Luther, Doria, par Michel Lasne, et un autre portrait, — 4 pièces gravées.

72. B. du Guesclin, Louis d'Orléans (Wierix), de Nouailles (N. Audran), de Thou (L. Gaultier), — 4 portraits.

73. De Montfaucon (Tardieu), Augustin Calmet (Pitau) Anne de la Vigne (Schmit) et le prince de Monaco, — 4 portraits.

74. Jean Fust, L. Coster, Frolben et Feyrabend, — 4 portraits encadrés.

75. F. Léonard (Vermeulen), L. Coster (Sam Ampzing) J.-B. Coignard (Duflos), — 3 portraits.

76. G. Naudé (Mellan), Plantin (H. Goltzius), Cl. Thiboust (Daulé). et P.-G. Simon (Ingouf), — 4 portraits.

77. Alex. Boudan (J. Saraba), J.-B. Coignard (Daulé), A. Le Mercier (Daulé), — 3 portraits.

78. Helvetius, Diderot et Franklin, par St-Aubin, Ménage, par Nanteuil, — 4 portraits.

79. Quatre portraits, par Goltzius, Sadeler et autres.

80. Ch. Perrault, Lefèvre de Caumartin, P. Dupont et autres, par Vermeulen, Van Schuppen, etc., — 4 portraits.

81. F. Marie, doge de Gênes, par A. Masson, Masaniello,— 2 portraits.

82. N. Brulart (L. Gaultier), Hervetus (Th. de Leu), — 2 pièces.

83. Sept petits portraits, P. de Jode, Worstermans, Poilly, Petit, etc.

84. Huit autres portraits des mêmes auteurs.

85. J. Scaliger, Descartes et Lully, par Edelinck. — 3 pièces.

86. Cl. de Marolles, Fab. de Peiresc, P. Gassendie, le portrait de l'auteur et une Vierge, — 5 pièces, par Mellan.

87. Sept portraits, hommes et femmes artistes, par Mellan.

88. Henri IV, Sully, Turenne et le maréchal de L'Hopital, — 4 portraits, par de Marceney.

89. Bossuet, de Larochefoucauld, Rameau, Louis XIV et Mme de Lavallière, — 5 portraits, par St-Aubin.

90. Louis XIV, Montesquieu, Boileau, le Tasse et Rabelais (par Savart), Marivaux (par Ingouf), — ensemble 6 portraits.

91. La Mothe-Le Vayer, Crébillon, La Fontaine, Voltaire, Chenneviére et plusieurs portraits tirés du Descamps, — ensemble 12 portraits, par Fiquet.

DEUXIÈME VACATION.

Vues et Monuments de la Normandie.

92. Six lithographies, vues diverses de Normandie.

93. Neuf lithographies, vues et monuments de Rouen.

94. Trois vues de la cathédrale de Rouen, façade et portail des Libraires, gravées par Chateau.

95. Deux vues anciennes de Saint-Ouen, le pont de bateaux et l'ancienne Douane, — 6 pièces.

96. Huit vues de la ville de Rouen, gravures et lithographies.

97. Vue panorama de Rouen, lithographie, par Arnout.

98. Vues de Rouen, lithographies, par Chapuy, — 15 planches gr. in-fol.

99. Les vues de Rouen, lithographies, par Daniaud, — 24 planches.

100. Le Moyen-Age monumental et archéologique, spécialement les monuments de la Normandie, — 40 feuilles lithographiées.

101. Vues de Rouen, lithographiées par Mausson, — 13 planches.

102. Le Moyen-Age pittoresque, par Chapuy, — 25 feuilles.

103. Monuments de la Normandie, par de Jolimont, — une livraison, 4 planches et texte

104. Huit vues de Normandie, lithographiées par Deroy.

105. Le Palais-de-Justice de Rouen, — 7 planches, gravures et lithographies.

106. Sept vues prises en Normandie, gravées par Chamouin.

107. Huit lithographies, vues de châteaux, églises et abbayes de la Seine-Inférieure.

108. Neuf lithographies, portes et châteaux-forts de Rouen.

109. Six vues de Rouen, lithographies.

110. Douze planches, vues de Rouen, par Langlois, Carpentier et autres.

111. Saint-Maclou de Rouen, — 10 planches lithographiées.

112. Cinq lithographies, par Lecarpentier et Esp. Langlois.

113. Sept feuilles lithographiées, dont cinq de E.-H. Langlois, deux Mendiants de Rouen, vues de la Croix-de-Pierre, du vieux Château, de Saint-Georges, etc.

114. Pièces satyriques ou allégoriques relatives au Parlement.

115. Remontrance au Parlement, petite gravure du temps et une planche de la Fierte, par Boissel.

116. M. de Miroménil chassant le Parlement, gravure et explication.

116 *bis*. Une autre feuille de l'explication d'édition différente.

117. Huit gravures et lithographies, par H. Bellangé et Bérat., — vues et sujets.

118. Carte des rives de la Seine de Paris au Havre, planches à divers états et le dessin original.

119. Une vue de Rouen, par Aveline, et une par Bacheley.

120. Vue perspective de la ville de Rouen au XVIIe siècle, par Godefroy, d'après Hue, et une par Bacheley.

121. Grande vue de Rouen, par Lebas et Chauffard, d'après Cochin.

122. Plusieurs plans de Rouen, planches d'essai à divers états et un dessin original.

123. Plan de Rouen en 1782, sous l'administration de M. de Crosne, avec armoiries des maires et échevins.

124. Plan de Rouen en 1724, publié par Defer.

125. Vue générale de Rouen à vol d'oiseau, par Bruin, 1574, et plan de Rouen de la même époque et du même auteur.

126. Le pourtraict de la ville de Rouen, par Belleforest.

127. Portrait du vieil et nouveau fort de Sainte-Catherine, pour servir à l'histoire de Rouen ville forte, avec les dessins originaux qui y sont joints et une vue du fort, coloriée.

128. Plan de Rouen, avec encadrement composé de vues de Rouen, de châteaux et armoiries en 6 feuilles, par Gomboust, 1655.

 Plan rare, en très-bel état.

129. Un lot de 22 feuilles, plans, cartes, vues et monuments du Havre.

130. Vues du Havre et des environs, 5 feuilles.—Grande vue des phares de la Hève, par Desmaisons, d'après Cochin.

131. Dieppe, plans, vues et monuments, — 16 feuilles.

132. Gisors, la Roche-Guyon, Château Gaillard, Pont-de-l'Arche, etc., — 16 lithographies.

133. Abbaye de Fécamp, ancienne vue de 1687, plan de l'église de la Trinité, gravures et originaux.

134. Louviers et Evreux, — 11 feuilles, plan de l'abbaye de Saint-Thaurin, en 1680.

135. Caen, — 10 vues et un cahier de 6 vues, par de Jolimont.

136. Cinq plans de Caen à différentes époques et une vue générale de la ville.

137. Cathédrale de Coutances et le mont Saint-Michel, — 4 lithographies de Chapuy et autres.

138. Vue de la cathédrale de Coutances, par Bichue, 1747, vue de la Chartreuse de Val-Dieu, en 1769, par de Poilly, d'après Mésire.

139. Vue de la foire de Guibray, par Maillard, d'après Chomel, et vue générale de Falaise.

140. Carte du diocèse de Lisieux et 6 petites vues diverses

Portraits Normands.

141. Deux épreuves du portrait de M. Verdrel, — lithographies.

142. Deux portraits de Brunel, ingénieur normand, gravure à l'aqua-tinte, in-fol.

143. Cinq portraits de Vauquelin, Malherbe, Berneval, Bois-Rosé et Cideville, gravures et lithographies.

144. Dupont de l'Eure et Bignon, députés de l'Eure ; Girardin et Cabanon, députés de la Seine-Inférieure.

145. Trois portraits, Guizot, Dupont de l'Eure et Pouyer-Quertier.

146. Quatre portraits de Pierre Corneille, par divers.

147. Corneille, Poussin, Cornier de Cideville, Thouret et Camus de Pont-Carré, — 5 pièces.

148. Corneille et Poussin, — 3 pièces.

149. Corneille et Poussin, — 4 pièces.

150. De Boisfremont, Pottier, Brevière, André Durand et L. Bouilhet, — 5 pièces.

151. Portrait d'Ornay, par Langlois, et lettre de faire part de son décès, à l'âge de 105 ans.

152. Portraits lithographiés de Cochin, Lecarpentier et François Rever, et ceux gravés de Cochin Rever et Brunel, les 2 derniers par Langlois. — Six pièces.

153. Trois portraits de E.-H. Langlois.

154. Deux portraits de Malherbe, par Wosterman et Ingouf.

155. Larochefoucauld, N. Colbert, par Drevet; Rouxel de Medavy, par Masson, — 3 pièces.

156. Louis Le Gendre, par Drevet; l'abbé de Rancé, par Bazin.

157 Charles de Bourbon, François de Chanvallon et David Duperron, gravés par divers.

158. Larochefoucauld et l'abbé Pierre de Gourmé, né à Dieppe, — 2 pièces.

159. Adrien Baillet, par Audran; Armand de Lorraine et Pierre de Langle, par Desrochers, — 3 pièces.

160. Henri d'Orléans, duc de Longueville, par Nanteuil; Abraham Duquesne, par Edelinck.

161. Hue de Miromenil, par Benoît; Pierre-Thomas du Fossé, par Simoneau.

162. Courayer et Sanadon, par Desrochers.

163. De la Vergne de Tressan aux pieds de la Vierge, frontispice du missel de Rouen, par Drevet.

164. François de Chanvallon, par Michel Lasne.

Dessins par divers.

165. LEFÈVRE. — 5 croquis au crayon.

166. DE JOLIMONT. — Vue générale de Rouen, aquarelle, et une autre vue carte de visite.

167. MERLIN. — Deux paysages, aquarelles.

168. DUMÉE. — Dessin à la mine de plomb rehaussé de blanc.

169. GODEFROY, LEFÈVRE et autres. — 4 dessins.

170. Calques et croquis, — 12 pièces.

171. E. Bérat. — 6 croquis.

172. Lagrenée, Cochin et Humblot. — 3 dessins.

173. Lecarpentier. — Vue de Jumiéges et de l'ancien château de Rouen, dessins au lavis.

174. Regnault (attribué à) :
1° Suite de 130 dessins au lavis pour les Métamorphoses d'Ovide ;
2° Suite de petites gravures, par Couché et Coissy, d'après Regnault, en 1792 ; réunis en un volume.

Dessins de E.-H. Langlois.

175. Cinq dessins à la plume.

176. Le Colombier de Boos, — 2 feuilles.
Etudes à la mine de plomb.

177. Plan, études et vues de l'église Saint-Ouen.

178. Etudes au crayon sur la cathédrale de Rouen, — 8 feuilles.

179. Fontaine de Saint-Maclou et autres croquis, — 3 feuilles.

180. Etudes sur les vitraux de Saint-Patrice et de Saint-Godard, — 6 feuilles.

181. Hôtel du Bourgtheroulde, études de la tourelle, — 3 feuilles.
Mine de plomb.

182. Maisons des rues aux Juifs, de la Croix-de-Fer, de l'Ecureuil, Ganterie et Percière, — 7 feuilles.
Etudes à la mine de plomb.

183. Valmont.
Etude, mine de plomb et calques.

184. Saint-Georges-de-Boscherville, études d'architecture et de sculpture, avec de nombreuses notes de la main de l'auteur, — 17 feuilles.
Mine de plomb.

185. Saint-Wandrille.
Mine de plomb.

186. Prieuré de Graville.
Mine de plomb.

187. Saint-Georges-de-Boscherville.
Mine de plomb.

188. **Paysage.**
Mine de plomb.

189. **Deux dessins.**
Mine de plomb et plume.

TROISIÈME VACATION.

Pièces diverses sur Rouen. Maisons et édifices.

190. Huit feuilles inscriptions commémoratives de fondations ou inaugurations de monuments de Rouen.

191. Cortéges, bals offerts à la duchesse de Berry, fêtes de Louis XIV, à Rouen, passage des Cendres, etc., — 10 feuilles.

192. Almanachs et imageries, — 5 feuilles.

193. Marques d'imprimeurs, listes de libraires et imprimeurs typographes de Rouen, — 16 pièces.

194. Un petit lot de planches sur les Palinods.

195 Trois planches tirées de la vie de saint Adjutor et le portrait de Civille, reproductions pour la Société des Bibliophiles normands

196. Un lot d'images et de relations populaires, — 5 pièces.

197. Six feuilles images de confréries. .

198. Lettres de faire part mortuaires, mandements épiscopaux, etc., — 8 feuilles.

199. Saint Romain terrassant la Gargouille, publiée par Gantrel, — une réduction de la même pièce, — autel de la Vierge à l'église Saint-Romain, par Pêcheux.

200. Diverses planches lithographiées représentant un ivoire antique et les bas-reliefs de la maison rue de la Grosse-Horloge conservés au musée d'antiquités.

201. Jumiéges, dessins, gravures et lithog., — 15 feuilles.

202. La cathédrale de Rouen, dessins, croquis et notes de E.-H. Langlois, gravures et lithographies principalement sur le sujet du tympan de la porte de gauche de la façade.

203. Saint-Ouen, gravures à divers états, — 4 feuilles.

204. Le même, — 5 feuilles.

205. Le même, — 12 feuilles.

206. Saint-Wandrille et Saint-Georges-de-Boscherville, —
13 planches, par Langlois, Deville, etc.

207. Cathédrale de Rouen, — 9 planches à divers états, et
notes, par E.-H. Langlois.

208. Eglises et monuments de Rouen, par Langlois et autres,
— 6 planches.

209. Vue de Rouen au XVIIe siècle, Saint-Ouen, le Palais-
de-Justice, — 5 planches, de Langlois.

210. Quatre vues de Rouen au XVIIe siècle, eaux-fortes, de
Langlois, états différents.

211. Deux vues du Château-Gaillard et une vue du Vieux-
Château de Rouen, par Langlois, épreuve d'essai.

212. Château de la Roche Guyon, par Israel Sylvestre, et 5
autres vues de Vernon, Lillebonne, Château-Robert,
Arques et Saint-Georges, par divers.

213. Deux vues du château de Gaillon, par Israel Sylvestre,
et une autre feuille contenant 4 vues du même château,
par Deville.

214. Porte du Bac et Vieux-Palais, par Israel Sylvestre, et
une vue de l'ancien pont de pierre détruit.

215. Le Coup de Pied de l'Ane, la Fée d'Argouges, cartes
d'adresses et marques, — 8 feuilles, par Langlois.

216. Costumes de femmes normandes, gravures et lithographies, par Langlois, — 5 feuilles.

217. La Tyrannie, avec le fac-simile du croquis original,
par E.-H. Langlois.

218. La même et le Vanitas Vanitatum.

219. La même, seule.

220. Hôtel du Bourgtheroulde, vues et bas-reliefs, — 7
feuilles.

221. Pugin, architecture gothique, — 17 planches in-fol.

222. Saint-Nicolas, Saint-Laurent, l'ancien Hôtel-de-Ville,
la Grosse-Horloge (2 planches), — 5 feuilles, par Brevière.

223. Cinq feuilles, gravures, par Langlois et Deville ; quatre
sont tirées de l'ouvrage de Willemin.

224. Vitraux des églises de Rouen, — 9 planches, dont une
coloriée.

225. La châsse de saint Romain et la levée de la fierte,
épreuves avant et avec la lettre, par Espérance Langlois,
— 10 planches.

226. Maisons et monuments de Rouen, — 12 planches sur 7 feuilles, par Langlois et Brevière.

227. Maisons de Rouen, — 6 planches, par Langlois et Hibon.

228. La bataille d'Hasting et le baptême de Rollon, épreuves avant et avec la lettre et une sur vélin, — 5 feuilles.

229. Les deux mêmes gravures avant et avec la lettre; idem, tirées sur vélin; idem, à l'aqua-tinte, et une épreuve de la gravure ; Robert Wace présentant le roman de Rou à Henry II, — ensemble 9 feuilles.

230. Les deux mêmes gravures, épreuves d'essai, annotées; idem, avant et avec la lettre; idem, tirées sur vélin; idem, aqua-tinte, et les mêmes, gouachées; en plus, les deux esquisses originales et la gravure Robert Wace à trois états différents, — ensemble 15 feuilles.

231 à 241. Onze lots de dessins gouaches et aquarelles anciennes et modernes.

242. Un lot de calques et 3 feuilles d'in-fol gothique avec gravures sur bois et marques d'imprimeurs.

243. Grand B initial, d'après un manuscrit de la Bibliothèque de Rouen, dessiné et gravé par Espérance Langlois.

244. Quatre feuilles, majuscules et bordures coupées d'un manuscrit du XVI° siècle.

245. Trois feuilles du même.

246. Trois feuilles du même.

247. Trois feuilles du même.

248. Page d'un manuscrit du XIII° siècle et 3 planches sur vélin d'un livre d'heures du XVI° siècle.

Dessins par divers.

249. SANSONNETTE, dessin terminé, calque et gravure imprimée sur vélin ancien et gouachée, pour la publication du Miracle de sainte Bautheuch, d'après le manuscrit de la Bibliothèque nationale.

250. DE JOLIMONT. — Majuscules, bordures et dessins composés et peints dans le goût des anciens manuscrits.

251. A. DEVILLE. — Crypte de Saint-Gervais, à Rouen.
Sépia.

Espérance LANGLOIS. — Chapelle de N,-D.-du-Salut, à Fécamp.
Sépia.

DE BOURGE. — Tabernacle du précieux sang, à Fécamp.
Mine de plomb.

252. DE JOLIMONT. — Vues de Caudebec, Jumiéges, Château-Gaillard, etc , et 8 petits dessins à la sépia.

253. DE JOLIMONT. — Projet de frontispice pour une description de la cathédrale de Rouen et deux autres frontispices.
Dessins à la sépia.

254. LE FÈVRE. — Saint-Paul de Rouen et un autre dessin.
Mine de plomb.

255. LE FÈVRE. — Ancienne église Saint-Herbland, à Rouen, état des ruines en 1824.
Aquarelle.

256. F. GODEFROY. — Deux vues générales de Rouen.
Aquarelles.

257. André DURAND. — Tombeau de Pierre de Brézé, à la cathédrale de Rouen.
Mine de plomb.

258. André DURAND. — Eglise Saint-Vincent, à Rouen.
Mine de plomb.

259. Mlle Espérance LANGLOIS. — Eglise Saint-Paul, de Rouen, vues intérieure et extérieure.
Mine de plomb.

Dessins de E.-H. Langlois.

260. Vue de l'intérieur de l'ancienne église Saint-Paul, à Rouen.
Mine de plomb.

261. Essais et dessins à la plume terminés, des marques de M. Ed. Frère et des armoiries de Saint-Ouen.

262. Saint-Georges-de-Boscherville, vue extérieure.
Mine de plomb.

263. Abbaye de Bon-Port.
Mine de plomb.

264· Le Chanoine de Cambremer (esquisse), la Fée d'Argouges, un croquis et le dessin terminé.

Mine de plomb.

265. Prieuré de Graville, près le Havre.

Mine de plomb.

266. Abbaye de Saint-Georges-de Boscherville, vue générale et vue intérieure.

Deux dessins, mine de plomb.

267. Abbaye de la Sainte-Trinité, à Fécamp.

Mine de plomb.

268. Façade de l'église de la Madeleine, à Rouen.

Mine de plomb.

269. Eglise Saint-Maclou, à Rouen.

Mine de plomb.

270. Deux vues de la Cathédrale de Rouen.

Mine de plomb.

271. Palais-de-Justice de Rouen avant sa restauration.

Dessin mine de plomb (avec la gravure).

272. Costumes de femmes cauchoises.

Dessin à la plume et aquarelle (avec la gravure).

273. Façade de la Cathédrale de Rouen.

Dessin à la plume (avec la gravure).

274. Le Baptême de Rollon et la bataille d'Hastings, gouaches rehaussées d'or, dans le goût des anciens manuscrits. (Encadrés.)

Ces deux dessins ont été gravés par l'auteur pour le Roman de Rou.

275. Mlle Espérance LANGLOIS. — Tombeaux de Georges d'Amboise et de Brézé, à la Cathédrale de Rouen.

Deux dessins mine de plomb (encadrés).

Planches gravées sur cuivre,

D'après les Dessins de E.-H. LANGLOIS, et presque toutes gravées par lui.

276. Trois cuivres pour le Roman de Rou.

277. Cinq cuivres pour le Roman de Brut.

278. Cinq cuivres dessinés et gravés par E.-H. Langlois, pour l'Essai sur les Enervés de Jumiéges.

279. Sept cuivres dessinés et gravés par E.-H. Langlois, pour son ouvrage sur la Peinture sur verre.

280. Trois cuivres pour la Cathédrale de Rouen :
1° Vue de la façade dessinée et gravée par E.-H. Langlois;
2° La flèche projetée, petite planche pour être tirée à part, par le même;
3° Autre vue de la Cathédrale, gravée par Normand, d'après E.-H. Langlois.

281. Cinq cuivres divers : église Saint-Maclou (Langlois); Rouen au XVIIe siècle (Espérance Langlois); Palais-de-Justice (Langlois et Brevière); Femmes normandes (Langlois et Normand); Jeanne Grey (Langlois), d'après Holbein.

282. Quatre cuivres pour la notice sur Saint-Ouen, gravés d'après les dessins de E.-H. Langlois, deux par lui-même, un par Espérance Langlois et par Normand.

283. Cuivre de l'entrevue de François Ier et de Henri VIII au Camp du Drap-d'Or, dessiné et gravé par A. Deville, d'après le bas-relief central de l'hôtel du Bourgtheroulde.

284. Quatre cuivres pour l'Essai sur l'abbaye de Fécamp : Vue de l'abbaye, tabernacle du précieux sang et un plan, gravés par de Bourge, un autre plan gravé par L. Tardieu.

285. Six pièces, bois et clichés, marques d'imprimeurs, armoiries, lettres capitales et une vue de Jumiéges.

Objets divers de curiosité.

286. LANGLOIS. — Petit paysage à la mine de plomb, encadré.

286 *bis*. Autre petit paysage, dans un cadre rond.

287. Deux petites têtes de femmes, dessins au lavis, encadrés.

288. Deux petites Batailles, par Le Bourguignon.
Dessins au lavis (encadrés).

289. Deux aquarelles anciennes, paysages d'Italie, encadrés.

290. Petite marine attribuée à Van de Velde.
Lavis et plume (encadrée).

291. Une jolie miniature, tête de vieillard barbu.

292. Très-petite miniature représentant un garde national de 1789.

293. Deux statuettes en bronze ancien, Jupiter et Hercule jeune.

294. Une statuette de Vénus, bronze ancien.

295. Un médaillon de biscuit, de Wedgwood, ancien (Ganimède.)

296. Autre médaillon de Wedgwood (Hébé.)

297. Trois mosaïques en pierres de Florence.

298. Deux bas-reliefs très-fins en métal de timbre. Ils représentent, dans des proportions microscopiques, des batailles, d'après Van der Meulen, et sont dans des cadres de l'époque, en bronze doré, avec cartouches d'encoignures au chiffre royal.

299. Sous ce numéro seront vendus quelques lots de monnaies et médailles anciennes et modernes.

300. Petit bas-relief en bronze, du XVIe siècle, représentant l'adoration des Mages, encadré.

301. Couteau à découper, à lame damassée, manche en nacre, garni de fer ciselé et doré, XVIe siècle.

302. Râpe à tabac en ivoire sculpté (Jupiter et Junon.)

Rouen. — Imp. Ch.-F. LAPIERRE.